BON SOIR,

JE VAIS DORMIR;

A l'Auteur des Etrennes de l'Institut, de la Fin du XVIIIe. siècle, de la Guerre des petits dieux, de Mon Apologie, etc. etc. etc.

PAR LE CITOYEN **DUSAUSOIR**,
Membre de la Société des Belles-Lettres.

A PARIS,

Chez {
MOLLER, Imprimeur, rue et maison des Filles-Saint-Thomas, vis-à-vis celle Vivienne;
Les marchands de nouveautés.

AN VIII.

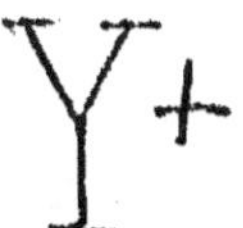

BON SOIR,
JE VAIS DORMIR (1).

Tu le veux, j'y consens, Cléon, je vais dormir ;
Tes utiles avis préviennent mon desir.
Celui-ci me plait fort ; je veux en faire usage,
Et te prouver, ami, combien je le crois sage.
Mais, avant de goûter les fruits de ce conseil,
Avant que je me livre aux douceurs du sommeil,
Et que le dieu du jour dérobe à ma paupière
De son disque brillant l'éclatante lumière,
Un moment, avec toi, permets-moi de causer :
Ton cœur est généreux, il saura m'excuser.
J'aime à te voir armé de cette mâle audace,
Qui te fait insulter aux enfans du Parnasse ;
Oui, j'aime ce poëme, où, singe de *Parni* (2),
Avec moins de talent, moins de grâces que lui,
Aux petits dieux du jour tu déclares la guerre :
Je crois voir un pygmée affronter le tonnerre !
Je t'admire sur-tout, quand, dans ton abandon,
La férule à la main, comme un autre Pradon,
Sans crainte du danger, dans ta marche rapide,
Tu mutiles nos vers d'une main intrépide.

Ce courage est sublime, il prouve ta valeur;
Mais il ne prouve pas que tu sois bon auteur.

Ne pense pas qu'ici je prétende confondre
Tes lumineux écrits, auxquels je vais répondre;
Ne crois pas que, bouffi d'un ridicule orgueil,
De m'attaquer à toi j'ose braver l'écueil?
Le calme me plait trop, et je crains trop l'orage:
Mais tu sais qu'*un enfant* aime le badinage;
Combien il est heureux, cet âge intéressant,
Où, sans crainte, l'on dit tout ce que le cœur sent;
Où, guidé par les jeux de la vive folie,
On ne redoute point la piquante saillie!
Sur le front de l'enfance est l'ingénuité;
Auprès d'elle, sans cesse, on voit la vérité
Errer en folâtrant sur ses lèvres badines,
Et prêter plus de charme à ses grâces mutines:
On se plait à l'entendre, on se plait à la voir;
Jamais le doux plaisir ne trompe son espoir.
L'enfant, toujours bercé par de rians mensonges,
Dans la paix du sommeil retrouve d'heureux songes.
Il se plait à se voir environné des jeux:
Et quand il a joué, l'*enfant* dort beaucoup mieux (3).
D'ailleurs, je n'aime point l'art affreux de médire:
La gaité me plait seule, et tes vers me font rire.

Honnête et doux rimeur, dont les soins bienveillans
Ont de quelques pavots orné mes cheveux blancs,
Par toi, je me retrouve au matin de la vie:
Je vais donc te parler sans humeur, sans envie.

Toi qui, comme Médée, employant le poison,
De ton *cher Dusausoir* fis un nouvel Eson,
Tu sais bien que l'enfant dit toujours ce qu'il pense;
Entends les accens vrais de ma reconnaissance :
Je ne redoute rien de ton emportement,
Et vais sur tes pamphlets m'expliquer franchement.
Tu te fais imprimer : mais, avant que d'écrire,
Il ne serait pas mal, mon cher, de savoir lire (4);
D'étudier à fond Richelet et Restaut :
On s'expose à tomber, lorsqu'on marche trop tôt.

L'archet du chansonnier qui braille dans la rue,
Ses lamentables cris qui vont frapper la nue,
Agacent moins mes nerfs, font moins grincer ma dent,
Que les aigres accords de ton luth discordant.
Perroquet de Gilbert, tu te prétends poète;
Des arrêts d'Apollon tu te dis interprète,
Et ne sais même pas comment on doit rimer (5) !
Sur des auteurs dont l'art a droit de nous charmer,
Distillant les poisons que ton ame recèle,
Par-tout tu prends leurs vers, que ta muse morcèle (6);
Et, du fond du bourbier où s'égare ta voix,
Tu veux les régenter et leur dicter des loix.
Mais, avant de prétendre à ce beau privilège,
Il faut t'asseoir encor sur les bancs du collège.
Quoi! rimeur inconnu, tu railles *Palissot* !
N'est-ce pas hautement t'avouer pour un sot?
Es-tu donc un *Boileau* pour censurer *Despase* ?
Je sais bien qu'un beau nom peut honorer ta phrase,
Et qu'un homme de goût, par un Midas cité (7),
N'en parvient pas moins cher à la postérité;

Mais je sais encor mieux, il faut que je le dise,
Qu'attaquer le talent, c'est fêter la sottise;
Qu'en vain un froid censeur veut faire l'important;
Il n'empêtre que lui dans les filets qu'il tend.
En poursuivant *Baour*, vois à quoi tu t'exposes !
Baour, dans ses *Trois Mots*, nous a dit mille choses;
Toi, dans tes mille vers, tu ne dis pas un mot.
Sans respect et sans goût, tu frondes *Petitot*,
Jeune auteur estimable et dont la modestie
Egale les talens qui consolent sa vie.
Chabeaussiere, à son tour, excite ta fureur.
Tu poursuis dans *Lantier* l'élégant voyageur (8),
Qui sait avec tant d'art présenter *Lasthénie*,
De l'aimable Antenor échauffant le génie;
Et sur-tout de *Vigée* estropiant le nom (9),
Tu veux, lourd Marsias, défier Apollon !
Mais, du nom d'un auteur ornant un paragraphe,
On devrait, ce me semble, en savoir l'ortographe,
Et craindre de pousser de bizarres travers
Jusqu'à le mutiler, pour arranger un vers.
Je me garde pourtant de blâmer ta méthode;
Elle n'est point gênante, elle est douce, commode;
Tes préceptes sont sûrs pour rimer aisément:
L'ignorance y sourit, mais le goût les dément.
Quatre fois, dans tes vers, la rime masculine (*)
Vient frapper mes regards; bientôt la féminine,

(*) Nous croyons cependant, à l'égard des rimes répétées
qui se suivent, et des deux mots *gloire* rimans ensemble,
que l'auteur peut être excusé, et même les compositeurs :

Succédant à son tour, jalouse de ses droits,
A mon oreille aussi retentit quatre fois.
Que dis-je? si la rime échappe à ta mémoire,
Au mot *gloire* soudain ta muse oppose *gloire*;
L'hémistiche, en ton vers, ne marque aucun repos :
Faut-il les allonger, tu raccourcis les mots (10);
Tu braves le bon sens, et ta muse indiscrette,
Avec *arrête* encor fait rimer *bayonnette* (11).

Poursuis, mon cher Cléon : tes rapides essais
Te font connaître assez quels seront tes succès ;
Tu prétendais, sans doute, au sommet du Parnasse,
Auprès de *Despréaux* occuper une place !
Renonce à cet espoir, abjure cette erreur;
Au fond de ton marais signale ta fureur :
Au sommet d'Hélicon, malgré ta sotte audace,
Boileau ne voudrait pas de toi pour son *Paillasse*.
Cesse de te livrer à ton fatal penchant:
Non, ce n'est pas assez d'avoir l'esprit méchant,
Et de piller par-tout, sans goût, sans connaissance (12),
Des vers, fruits du génie et de l'expérience;

----

nous nous sommes assurés que l'anonyme, obligé de partir
pour quelques affaires, n'a pas eu le tems de revoir son ouvrage, et que l'imprimeur, d'ailleurs connu pour habile dans
son art, voulant le satisfaire, a fait passer la nuit pour ac-
célérer l'impression. Comme la justice, et non l'aigreur,
dirige notre plume, nous nous faisons un devoir de rendre
notre façon de penser publique.

D'opposer aux auteurs un stérile courroux ;
Il faut, pour bien frapper, bien dir'ger ses coups.
Tel qu'un brave guerrier, qui craint une défaite,
A soin de préparer sa prudente retraite,
Il faut, mon bon Cléon, qu'un satirique auteur
Sache de l'art des vers atteindre la hauteur ;
Que sur-tout, évitant l'écueil de la licence,
Il craigne de montrer sa stupide ignorance ;
Que sa prose mordante, ou son vers offenseur,
Ne puissent être atteints par l'arme du censeur.
Oui, pour qu'une satire obtienne nos suffrages,
Il faut que son motif soit de nous rendre sages.
Despréaux, dans ses vers, a frondé les erreurs ;
Gilbert, dans ses écrits, a défendu les mœurs ;
L'ingénieux auteur qui fit la Dunciade,
De sots, moins sots que toi, redressa l'incartade.
Vainement de *Chénier* tu critiques les vers :
L'auteur de *Fénélon,* de mille écrits divers,
Où, malgré des défauts, le génie étincelle,
N'a rien à redouter des traits de ton libelle.
Eh ! crois-tu que *Laya,* sage et profond penseur (13),
Du champ de la science heureux cultivateur,
Qui consacre au travail les jours de son bel âge,
Puisse craindre jamais ton impuissante rage ?
Si tu l'as espéré, ton espoir sera vain :
Dans sa course, un géant n'apperçoit pas un nain.
Laisse-là *Dumoustier,* il rit de ta folie ;
Ce conciliateur, cet ami d'Emilie,
Cher aux arts, à l'amour, aimable autant qu'aimé,
Sera, malgré ton livre, en tous lieux estimé ;

Et ses rians tableaux de la Mythologie
Sont plus chers au public que *ton Apologie.*
Chazel a de l'esprit, du goût, de la gaîté;
Il tourne un vers heureux avec facilité.
Je préfère un couplet de sa Muse fertile
A ces nombreux écrits qu'empoisonne ta bile.
Ne t'acharnes donc plus sur des noms chers aux arts,
Noms qui du dieu des vers ont fixé les regards,
Noms enfin qui, long-tems environnés de gloire,
Seront, malgré tes cris, recueillis par l'histoire.
Mais toi, dans un instant, tu seras oublié;
Reste dans ton réduit, confus, humilié :
Des arts consolateurs l'invincible puissance
A déjà dévoilé ta profonde ignorance.
On n'est pas criminel pour manquer de talent (14),
Il est vrai; mais, écoute un avis excellent : ·
C'est être criminel qu'oser lui faire outrage;
Renonce à la satire, et, crois-moi, deviens sage.
Assez d'autres, sans toi, par de mauvais écrits,
Apprêteront à rire aux oisifs de Paris.
Que vendre ces écrits soit ton unique affaire :
Il vaut bien mieux, *Cléon, les vendre que les faire.*

Aux doux sons de ma lyre, en démontrant tes torts,
Je sens que, malgré moi, je bâille, je m'endors.
Encore un mot pourtant. —Il faut que j'en convienne,
Tu fis une satire.... Hélas! ce fut la tienne....
Mais, avec toi, déjà, c'est trop m'entretenir;
Bon soir, mon cher Cléon, bon soir; je vais dormir.

F I N.

NOTES.

(1) *Bon soir, je vais dormir.*

L'auteur du poëme intitulé *la Guerre des petits Dieux,* et de la satire qui a pour titre : *mon Apologie* (titre qu'il a pris à Gilbert), dit dans cette dernière satire :

Dors, mon cher Dusausoir, aux doux sons de ta lyre.

Toujours docile, et jaloux de suivre les bons avis qu'on me donne, je dois commencer par remercier l'auteur de la bienveillance qu'il me témoigne, et lui prouver combien je desire m'en rendre digne. J'ai cru ne pouvoir mieux y réussir, et me procurer un sommeil doux, qu'en prenant chaque soir son libelle, avant de me coucher. Que d'obligations je lui ai ! Depuis quelque tems, le sommeil ne s'approchait qu'avec peine de ma paupière ; mais, depuis que je lis ce qu'il appelle ses satires, je jouis d'un sommeil calme et non interrompu. Non, je ne connais pas de remède plus efficace contre l'insomnie.

(2) Moi, j'aime ton poëme, où, singe de *Parni.*

Le citoyen *Parni,* un de ceux qui, dans le dix-huitième siècle, ont exercé avec le plus de succès le genre de la poésie érotique, a publié, depuis peu, un poëme qui a pour titre : *la Guerre des Dieux.* Si le caractère de la philosophie qui règne dans cet ouvrage est un peu licencieux, si la morale n'y est pas assez respectée, on n'y retrouve pas moins, et très-fréquemment, le chantre séduisant d'*Eléonore*; on n'y est pas moins enchanté du talent de cet aimable poète, qui n'a connu de rival, en ce genre, que feu *Bertin*, et qui semble enfin ne vouloir confier ses secrets qu'au jeune et modeste *Deguerle*, déjà connu par une traduction de Pétrone, par l'Eloge des Perruques, et par nombre de poésies érotiques, toutes plus gracieuses les unes que les autres. Un poète tel que *Parni* est tellement élevé, qu'il est impossible que quelques traits décochés par l'envie puissent l'atteindre. Mais, il est des gens qui ne doutent de rien. Ils veulent écrire; et comme les moyens leur manquent, ils dérobent partout. Cléon a pris le titre du poëme de *Parni*, le plan du Lutrin de *Boileau*; à *Gilbert*, le titre et le plan de sa satire, intitulée *mon Apologie*. Il n'a laissé aux auteurs célèbres que je viens de citer, que ce qu'il n'a pu absolument leur dérober, la brillante exécution. Il ressemble à ces jeunes filles qui apprennent à broder : elles achètent des p... ns tout dessinés, étendent dessus leur mousseline, et déchirent à pointe d'aiguilles les patrons qu'elles ne peuvent imiter.

(3) Et quand il a joué, l'enfant dort beaucoup mieux.

L'auteur, dans une nouvelle édition de sa satire, *Fin du dix-huitième siècle*, m'a fait l'honneur de me destiner une note supplémentaire, où il a la bonté de m'appeler *un enfant de soixante ans*. Quelques envieux du rare talent satirique de l'auteur ont voulu regarder ce trait comme une épigramme ; ils se sont bien trompés. Il peut être un peu méchant, mon cher Cléon, mais il n'est point malin : moi, plus juste, j'ai rendu hommage à la pureté de ses intentions ; j'y ai reconnu un homme qui, pénétré de ce tendre respect qu'impriment les deux extrémités de la vie, les a réunies en ma faveur, pour leur rendre un seul et même hommage.

(4) Il ne serait pas mal, mon cher, de savoir lire.

Je me crois fondé à donner ce conseil à Cléon. Dans cette même note que je viens de citer, il me paraît qu'il a lu, au moins très-légèrement, ces quatre vers de ma réponse, qu'il rappelle :

> *Que* fait à Demoustier, à Luce, à Chabeaussière,
> A Laya, dont la plume éloquente et sévère,
> En combattant l'erreur a défendu les loix,
> *Que* Zoïle contr'eux ose élever la voix ?

Je ne prétends pas assurément citer ces quatre vers pour un modèle de poésie ; mais, à moins que Cléon ne me le démontre jusqu'à l'évidence, par des autorités telles que le dictionnaire de l'académie, Dumarsais, et tant d'autres grammairiens profonds, je croirai fermement n'avoir point offensé la syntaxe ; je croirai fermement que cette locution n'a rien de dur, de trivial, d'incorrect ; en un mot, rien qui blesse la pureté de la langue. Ah ! si j'avais dit, comme la note l'indique, *que fait que*, etc., assurément j'aurais été coupable du vandalisme le plus barbare; mais le *que* relatif, jeté au quatrième vers, présente plus de bon usage que de mauvais goût : donc, l'auteur satirique, ou ne sait pas lire, ou lit au moins très-légèrement.

(5) Et ne sais même pas comment on doit rimer.

L'anonyme, comme l'a fort bien observé le citoyen *Vigée* (qui, malgré les injures du satirique, n'en est pas moins un de nos poëtes les plus gracieux et les plus corrects), fait suivre quatre rimes masculines, puis quatre rimes féminines; fait, dans d'autres endroits, rimer *fête* avec *poëte*, *apprête* avec *bayonnette*. Est-il bien affermi contre les difficultés de la rime? On ne le croit pas. S'il avait su lire Boileau, il aurait lu ces deux vers qui commencent l'Art poétique :

> S'il ne sent point du Ciel l'influence secrète,
> Si son astre en naissant ne l'a formé poëte.

Pour se disculper d'une faute aussi grossière, l'anonyme dit des injures ; mais des injures ne sont pas des raisons. Le sublime Molière, dans son Amphytrion, fait dire à Jupiter : \

> Et quand on se met en colère,
> On fait voir que l'on a de mauvaises raisons,

Ensuite Cléon, après avoir évacué sa bile contre *Vigée*, s'en prend aux lecteurs du lycée Thélusson, qu'il accuse d'avoir été les seuls à qui il ait pu échapper que ces fautes provenaient des compositeurs de l'imprimerie. A l'égard des deux premiers reproches, je crois sa réponse admissible ; mais il fallait être honnête, puisque ces reproches, justes ou injustes, avertissaient au moins celui à qui ils s'adressaient combien il est important de savoir lire pour corriger des épreuves, et quelle scrupuleuse attention on doit apporter à revoir un ouvrage destiné au grand jour: Mais, que répondra Cléon au troisième reproche que je lui fais, de rimer continuellement, dans ses vers, *éte* et *ette?* Quelque réponse qu'il me fasse à cet égard, je pense qu'il aura tort.

Au surplus, ce n'est ici qu'une de ces discussions grammaticales qui tendent à s'éclairer mutuellement, qu'on doit débattre sans aigreur ; mais pourquoi attaquer l'Institut national, ce dépôt précieux où se trouvent réunis, dans un ensemble si imposant, les sciences, les lettres et les arts ; cet établissement glorieux, qui a sauvé la France du vandalisme effrayant qui était prêt à l'envelopper ; cet établissement, qui compte parmi ses membres des noms chéris et respectés de l'Europe et du monde littéraire entier ; cet établissement, où l'on voit siéger les *Ducis*, les *Fourcroi*, les *Fontanes*, les *Colin-d'Harleville*, les *Andrieux*, les *Fleurieu*, les *Talleyrand-Périgord*, les *Valmont-de-Bomare*, les *Lebrun*, les *Chénier*, les *David*, les *Pajou*, les *Vien*, les *Méhul*, les *Sicard*, les *Bernardin-de-S.-Pierre*, les *Cambacérès*, et enfin ce jeune héros dont le nom, cher à la France, fait aujourd'hui l'étonnement des deux mondes ?

Pourquoi attaquer ce lycée Thélusson, qui réunit dans son sein des littérateurs dont l'Institut s'est honoré d'inscrire les noms sur sa liste, tels que *Legouvé*, *Arnaud*, etc. ? Pourquoi attaquer ce lycée, qui compte, parmi ses membres, ce que la littérature a de plus distingué, et qui n'a d'autre but que l'encouragement et le progrès des lettres; ce lycée qui s'empresse d'accueillir leurs amis , et qui, par sa sévérité dans ses choix, prouve jusqu'à l'évidence combien il desire former des sujets qu'un jour l'Institut s'empressera de recueillir ?

En vérité, on ne peut pas appeler cela une méchanceté: c'est une démence; et, dans ce cas, une pitié respectueuse m'impose silence.

(6) Par-tout tu prends leurs vers , que ta muse morcèle.

L'énumération des plagiats du prétendu satirique serait beaucoup trop longue; ce qui lui manque par-dessus tout, c'est l'imagination. Il se traîne sur les pas de tout le monde; sa tête ne peut même concevoir l'idée d'un titre neuf : c'est à *Gilbert* qu'il doit celui de ses deux satires; c'est à *Parni* qu'il doit celui de sa rapsodie en six points ou chapitres; et quant à ce qu'il appelle ses vers, ce sont des hémistiches pris à l'un et à l'autre. Encore s'il les conservait dans leur pureté !... Mais, veut-on un exemple du goût de ce plagiaire ? *Gresset* dit, en parlant de Vert-vert :

> Les b... les f... voltigent sur son bec.

et notre homme, en gâtant cette expression plaisante et légère, dit :

> Les b... les f... passent de bouche en bouche.

De sorte que , tout en convenant que les membres du lycée Thélusson sont des hommes polis et bien élevés, il en fait autant de *Père-Duchesne,*

Je ne cite qu'un trait , j'en pourrais citer mille.

(7) Et qu'un homme de goût, par un Midas cité,
    N'en parvient pas moins cher à la postérité.

Comme je n'ai jamais aimé à faire de larcins, j'avoue que ces deux vers sont imités de *Dubelloy*, tragédie du Siége de Calais :

    Et le nom d'un héros, par un traître porté,
    N'en parvient pas moins pur à l'immortalité.

(8) Tu poursuis dans *Lantier* l'élégant voyageur.

Le citoyen *Lantier*, homme depuis long-tems connu sous le rapport le plus favorable, dans la littérature et au théâtre ; dans la première, par le Voyage d'Antenor en Grèce, ouvrage aussi agréable qu'instructif, qui a obtenu le plus grand succès ; et au théâtre, par la jolie comédie de *l'Impatient*, pièce restée au répertoire, qu'on revoit toujours avec un nouveau plaisir, et dans laquelle le sublime Molé déploie ce rare talent qui fait le désespoir de ceux qui suivent sa brillante carrière.

(9) Et sur-tout de *Vigée* estropiant le nom.

Je crois que se tromper sur l'ortographe d'un nom ignoré est une erreur bien excusable ; mais, lorsqu'un homme est aussi connu que l'est le citoyen *Vigée*, estropier son nom n'est-ce pas prouver qu'on n'a eu d'autre projet que celui d'attaquer un auteur jouissant d'une haute réputation. Il vaudrait mieux, en pareil cas, le lire, et prendre de lui des leçons de goût, de correction et de poésie.

(10) Faut-il les allonger, tu recourcis les mots.

L'auteur se permet de faire le mot *furieux* de deux

syllabes , quand cela lui est commode pour son vers, comme dans celui-ci :

> Thélusson en frémit ; son ennemi furieux.

page 27, vers 21 du chant V.

(11) Avec *arrête* encor fait rimer *bayonnette*.

Page 32, chant VI, dix-huitième et dix-neuvième vers:

> Je monte à la tribune, et, sans que rien m'arrête,
> Je demande un emprunt à coups de bayonnette.

(12) Et de piller par-tout, sans goût, sans connaissance.

Dans ma réponse à la satire intitulée *la Fin du dix-huitième siècle*, j'ai cité plusieurs vers que l'auteur avait pillés dans divers auteurs : en répondant à celle-ci , je pourrais renouveler ces citations à l'infini; mais ce serait abuser de la patience de mes lecteurs.

J'aime mieux leur indiquer un moyen aussi prompt que sûr , de connaître ce qui appartient à l'auteur, et ce qu'il a dérobé aux autres.

Lorsque le lecteur rencontrera quelques vers , ou même des tirades entières, qui lui paraîtront trancher avec le ton et le style général de l'ouvrage, et présenter encore, quoique mutilés par l'auteur, quelque apparence de verve et de poésie, il peut, sans hésiter, écrire en marge : ceci est pillé.

Mais, toutes les fois que des idées bizarres ou inconvenantes, des grossiéretés crues et des vers sans harmonie et sans mesure, comme ceux-ci, du premier chant, page 6, vers 21 et 22 :

> Dans le vin, souvent un bon mot
> Jaillit de la bouche d'un sot.

oh ! alors, lecteur, écrivez hardiment : ceci appartient à l'anonyme.

(13) Eh ! crois-tu que *Laya*, sage et profond penseur.

Je ne répéterai point sur ce savant littérateur ce que j'ai dit dans la note qui le concerne, à la suite de ma réponse à la satire *Fin du dix-huitième siècle*. J'ajouterai que ce jeune auteur, qui jouit déjà d'une haute réputation, vient d'offrir au public un précis sur le genre de la satire. Ce travail, que l'auteur appelle mode.tement *précis*, est une dissertation lumineuse, où il prouve à chaque paragraphe une vaste connaissance des écrivains de l'antiquité qui ont moissonné abondamment dans le champ fécond de la poésie satirique. Aucun ne lui est échappé : chez les Grecs, *Eupolis*, *Cratinus*, *Archiloque*, *Phérécrate*, *Hermippe*, *Apollonius* d'Alexandrie, *Sophox* de Syracuse, etc.; chez les Romains, *Lucilius*, *Horace*, *Juvénal* et *Perse*. Le citoyen *Laya* développe avec clarté les différens genres de la satire, et tous il les rapporte au même but : l'instruction, l'utilité et la morale. Ce précis, qui fait le plus grand honneur au littérateur très-instruit qui l'a exposé avec autant de goût que de clarté, se trouve dans le N°. 11 des Veillées des Muses, deuxième année : c'est un fleuron de plus à la couronne littér.ire du jeune *Laya*.

(14) On n'est pas criminel pour manquer de talent.

Imitation d'un vers que l'auteur a bien voulu me destiner, où il dit, en parlant de moi :

On n'est pas criminel pour manquer de bon sens.

Le public a les deux reproches sous les yeux; c'est à lui seul de juger lequel est le mieux fondé.

(15) Aux doux sons de ma lyre, en démontrant tes torts.

Voyez ma première note.

NOTE FINALE.

Après avoir démontré, par nombre de preuves plus convaincantes les unes que les autres, le sublime talent de l'anonyme pour la poésie, il nous reste à donner des preuves de son goût. Pour y parvenir, nous allons rappeler la fin de son premier chant.

La sombre Envie, *au teint pâle et livide*, sort de l'institut, arrive à pas précipités au lycée Thélusson. Après un très-long et très-ennuyeux discours, singé du très-poétique élan de la Discorde dans l'immortel poëme du Lutrin, elle termine par ce vers :

Je vais sur l'ennemi lancer une satire.

Après cette menace risible, les poètes guerriers

Ne poussent qu'un seul cri : c'est le cri de la guerre.

Lecteur, vous seriez-vous attendu que de tout ce fatras il pût en résulter un éloge pour notre premier consul? Non sans doute. Hé bien, *stupe!!* Si vous voulez savoir comment Bonaparte, semblable à l'Envie, a chassé les vils tyrans qui régnaient sur la France, lisez les huit derniers vers du premier chant de la *Guerre des petits Dieux.*

Cependant, car nous ne voulons pas outrer la critique, si nous sommes forcés de condamner ici l'anonyme sous le rapport du goût, nous l'absoudrons du moins quant à la question intentionnelle.

Nous terminerons par lui observer que l'homme qui veut

donner des leçons aux poètes, doit savoir que si les contrastes sont de grands moyens pour la poésie, les disparates sont toujours un défaut; et nous lui rappellerons, s'il l'a oublié, ou nous lui apprendrons, s'il ne l'a jamais su, ce précepte d'Horace :

> .... *Pictoribus atque poetis*
> *Quid libet audendi semper fuit æqua potestas;*
> *Scimus, et hanc veniam petimus, damusque vicissim;*
> *Sed non ut placidis coeant immitia, non ut*
> *Serpentes avibus giminentur, tygribus agni.*

Encore un mot important. Dans une de mes notes précédentes, j'ai dit que Cléon était méchant, mais qu'il n'était pas malin; je vais, avant de finir, prouver qu'il est calomniateur.

Dans une de celles qui suivent son libelle, l'anonyme, en parlant de *Luce de Lancival*, auteur estimable sous tous les rapports, dit : « La pièce nouvelle de *Lancival* a obtenu » une représentation entière, *avantage dont n'ont pas joui* » *les pièces de Lucé, toujours étouffées dès les premières* » *scènes par des sifflets mal-intentionnés.* »

On ne peut pousser plus loin la méchanceté, compagne inséparable de la calomnie. J'ai assisté à la neuvième représentation de *Mutius Scævola*; j'ai vu quatre fois *Fernandez*, et trois fois *Périandre*; donc ces tragédies n'ont pas été *étouffées dès les premières scènes*; donc l'anonyme a poussé l'audace du mensonge au-delà de l'hyperbole.

Quand on se permet d'outrager ainsi les loix de la bienséance et de la vérité, ne se voue-t-on point au mépris public? J'ai dit, j'ai prouvé : lecteur, juge.

Fin des Notes.